悟世二部

目録

垃圾世界　壬寅年成書

天孤人作

序

這個世界唯一的問題，就是生出來太多垃圾生命。

上部

垃圾世界

我不知道自己在甚麼地方，

似乎在一個山林的外圍，

在獨自沉思。

我已離開了我的家，

遠走了我的國，

似乎在一個比較安全的地方。

一人在風裏站，

銀月在上，

看去一堆陵峽，

江流陡經，

無語堪聲。

暫時不想走了，

前方再只是孤獨、空虛。

外方的世界，

又是病毒周遭，

無可想念。

天空已遞暗着，

不快的想，

現在的世界，

我看見了就不安心，

到處都是有毒的污染，

到處都是害人的物體，

到處都是無情的人渣，

任都一起的視而不見，

任憑污壞，

身處其中，

我多麼不屑。

當接近全部人類都是無知的時候，

當接近全部人類都是走獸的時候，

在接近全部人類都是不行的時候，

要一切好起來，

尤其是人性好起來，

多麼妄想。

唏，

當一個世界，

誠實沒有用，

真心沒有用，

力勸沒有用，

只有貪惡有用，

濫權虧德有用，

無知無能有用，

虛偽愚弄有用，

垃圾式的滋長有用，

凌辱砍死有用，

唏，

真作孽！

真噁心！

可幸的，

我已遠離了，

在這個天然的世界，思緒著，

為甚麼這個世界有這麼多的垃圾，

看來一切只能歸咎於那個不知在何方的神。

他再偉大，

他再能幹，

我都不會喜歡他。

因為正是他，

創造了這個垃圾世界。

他知不知道，

他害了許多無辜的生命。

而牠們，都是被迫來到這個世界，

來經歷一段由神所鋪設的無謂旅程，

在勞苦傷害病老之後一息而亡，

化成塵爐，

這是多麼的無聊、白忙一生。

我知道我沒有責備神的說話權，

可是世間一切不應該的應該，

全是由他而起，

我不能放下心來。

神的力量，

使不應該存在的，

都存在了。

神，

他看到了嗎？

那些當人的，無情、自私、殘忍，

每天如是，

那些當畜牲的，

被冤枉、

被關禁、

被凌辱、

被強打、

被生屠，

又每天如是，

那當神的，

知道了沒有，憐恤了沒有？

他該知道，

實在太多不該來這個世界的生命了，

但是他偏要這些生命來活著。

嘿，

人生很不均等，

財富和遭遇很不平衡，

無能無知的卻特多的是。

唉，就是嘛，

這神擁有任何人都不知道的超能量，

把無窮無盡的生命活生的出現，

過了一段不短的時間又無端消失了。

我不知道，

這神到底是不是愛生命，

到底是不是愛玩弄生命、殘害生命。

看野獸的尖牙弧爪，

就知道這個神要這個世界更多殺戮。

看人類奸詐巧取，

就知道這神給牠們腦袋真的邪惡。

這個世界美，卻是多餘。

這人間似是而非，

稍縱即逝，轉眼成空。

人心弱知無能，

沉淪荒殆，迂迴難測。

俗人都虛張聲勢，沒有大用。

人生實在，

充滿阻力，

充滿不幸，

充滿懼懾，

充滿壞性，

充滿限制，

充滿虛空，

充滿悲催。

人生實在慘，

當一個人，

待老即病，

非死也傷，

活在這個世界，

我如何還有所盼望。

我不是傻子，

無奈思考起來，

是痛心又不解。

這個世界唯一的問題，

就是生出來太多垃圾生命。

太多垃圾的生命，

不斷造成危機，

影响了衆生命的安全，

也影响了我的安全。

可能神也意料不到，

也放開去了，

也可能他已死了，

從此這世界垃圾不廢，

罪行怵生，

荒謬不斷，

一切發展都在我的思考能力以外，

令我很不耐煩。

既然一切是原惡、原罪，

奈何要我看見和忍受這些澀緒？

一切都太突然，

一切都太無謂，

在這個神所創造出來的球體裏，

遍佈令我不快的不幸事兒。

我當了作家，

一直思考和書寫，

也永不解神要戲弄這個世界的真正意思。

沒有錯，

神真的很偉大，很能幹。

可是他又錯了，

只把能力一直的延伸，

無數生命只許被生存了又不知何時的死亡。

活著很無聊，

活著很傷痛，

活著很無奈，

活著是犯賤，

活著是犯法，

活著的都是個犯人，

也許神不會知道他的錯。

可那麼多的錯，

為何要我和其他生命都承受了？

這個冤孽無窮無盡，

循環不息，

為甚麼神不用承受？

這個冤孽無窮無盡，

循環不息，

便是神的大能了，

便是神的大能，

命運自此而生，

慘劇自此而成，

一切不能回去。

命運，

等死而已，

一切的人，

都在等死，

一切無謂而生，

無謂而終……

唉，我在這裏，

看著一片野地風光，

回家不會，回國不會，

出家也不曾，

無窮無盡的思緒，

這神知不知道？

神啊，

他很勁道，

造出的這個世界，

汰弱留強，

虐殺動物，

互不理睬，

很強勁了，

怪他不能，

怪人也不能，

我只不知道這神的作為值不值得。

神的神經質，

衍出人的神經病，

人痴，

人昧，

人苟，

人惡，

他要還無數無聊的人渣持續出世，

使世界上的生存與快樂，

都建基在吃慘死的生靈分上。

這神啊，

給人甜酸，

給人辣苦，

給人視野，

給人痛癢，

給人生死，

給人遺憾。

這神啊，

孤謀獨斷，

成就了白痴，

成就了貪寐，

成就了惡意，

成就了暴力，

成就了傷痛，

成就了無聊，

成就了不幸，

成就了奇觀，

成就了垃圾，

你看這神痴不痴，

傻不傻？

這神啊，

是所有人意料之外的神，

是我永不會喜愛的神。

我生而成人，

不知道幸運不幸運。

我這個小人兒，

生在這污垢上的世界，

無權無勢，

只能夠側看着，

那好像全能的神，

他為了這個世界，作出了無數孽障，

唯有他，

能作出了這無數孽障，

無數個億的，

壯觀、擠擁也污穢。

我當然沒有地位去問他，

是人都不能。

他就是神，

他真的是神，

在超然的生育著無數人渣。

人的故事，

如何盛世，

都只是人渣們的事，

我活在這裏，

看人渣，受人渣們的氣，

是報應嗎？

是冤枉嗎？

我和神沒有緣，

我只和惡俗的世界有緣，

神的這個世界，

殘殺，

分贓，

惡俗不了，

生命之源是他，

萬惡之源是他，

無極罪惡，

無極悲劇，

倒有無數生命被迫來活著，

來承受災難。

也想過，

神不是好東西，

神是害人的東西，

神是厲害得非常令我討厭的東西，

只是無奈吧，

只是無力吧，

無法決定的是只是，

眾生的命，

我的命矣。

這世界對我沒有甚麼意義，

這世界，

真很傷人，

很損人，

很害人，

對身心都是。

看這世界給人孽緣，

給人煩惱，

給人深痛，

是神害了眾生，

是神害了眾人，

如我不少的人，

一時冤氣無盡。

人一生出來便該死，

神為牠們放下了無數食物，

牠們無一物能予回報，

還吃了那麼多天，

真該死了，

雖然神也不公，

把無數人出生於不幸之世，

挨痛受難，

許多的善沒善報，

惡沒惡報，

還遺下了地大的血債，

想個究竟，

神到底是神，

做了太多人所不能的事了，

到底是恩多於咎。

人一生出來，

便是等待終結，

成為死灰；

人一生出來，

便是等待腐化，

成為罪人，

神做出的奇迹，

神做出來的成就，

到底是徒勞，

是一刹那的。

對許多人來說，

人生原來就是沒原則，沒公理。

人生原來就是無聊的命定，無聊的延續。

人生原來就是慾望的動力器，淫賤的發洩機。

人生原來就是罪惡的梯級，罪惡的載體。

人生原來就是身不由己，

人生原來就是白忙一場，

人生原來就是被上天戲弄，

人生原來就是無情無助，

人生原來就是垃圾，

歸溯源頭，

這是神的錯，

便是神的錯，便成了人獸間的錯。

算不盡，

無數生靈，

受打受捶受斬切，

痛極而死，

而我無力救護，

是何等的無奈。

和牠們的傷害相比，

甚麼家人、親友、事業、民族、世界，

都是只是垃圾。

該死的人類，

卻不該死，

無辜的走獸，

都多受到活剮烹吞，

骨肉零落，

這就是神的奇蹟，

多麼殘忍，

可是在他的大能光照下，

就是殘忍罷，

大夥兒才能有的吃，

大夥兒才能生存下去。

世之宿孽，

何時方休？

正是沒完沒休。

我和眾生一起，

一起活著就是受罪，

一起活著就是無能，

都不能解決了。

這是一個必須庸碌的世界，

這是一個必須殺生的世界，

這是一個必須罪惡的世界，

這是一個必須討厭的世界，

是我這樣的人，

能明白了，

就不想在那裏，

走資下去，

生活下去。

不是我這樣的人，

要麼繼續走資，

要麼繼續生殖，

要麼繼續犯罪，

都是做無聊、垃圾的事。

在經書裏覺悟到，

今世是孽，

轉折為僧，

唸法成佛，

是心所依。

一念終身，

這個念頭在我心裏迴響不減。

想到底，

一個機械化了的世界，

一個必然無情的世界，

一個要麼繼續失智的世界，

一個要麼繼續垃圾過去的世界，

我在這裏，

要麼結束生命，

要麼勉強容忍活下，

要麼入寺為僧，

只有三途，

我該如何行動？

想到如今，

我也不知道如何行動。

干了十多年文化事業，

雖然沒有發財，

我只是一個有靈性的作家，

這個人生是要淒零的，

淒零的作業，

淒零的勸道，

就不多人理會。

還看到人類到處說虛話，

做不義的事，

再想下去人生也沒有意義。

都說過神任憑罪惡行健，

任憑人性粗惡濫暴，

遇到一個善良人，

或行一個善念，

實在是罕然。

俗世、盛世，

也是惡世，

人類、人性，

也是人渣、賊性，

天下所及，

莫非渣冀，

光鮮漂亮，

何等表面，

內裏都是不堪入目的模樣。

這個世界的一切都很表面，

你要是喜歡待下去，

就是傻的，

還進行繁殖的活動，

走資勞動，

何等愚昧，

那人身的污，

人心的墮，

豈有挽回之理。

從前對神說，

請救回來我吧，

投生人世，

不是啥好事。

人生沒有許多用途，

充其量富有了，便用途多一些，

做了甚麼事，

也是要死的。

他的世界又糟，

又壞，

又毒，

又臭，

又色，

又瘋；

他的世界很罪惡，

很劣質，

很血肉，

很不幸，

很下賤，

很嚇人，

很變態，

很可怖，

很悲哀，

很討厭，

很垃圾，

神和人的罪孽的確非常深重，

我深切難過，

深切絕望，

請他不要再折騰我吧，

我也不要痛不想受辱，

只要看到愚和暴，

只要遇到毒和假，

只要目擊生命被血肉分離，

我雖生猶死，

氣力不繼，

生而為人，

實在沒有得力之用。

當人的啊，

如今有八十億之眾，

多半不知道自己是甚麼，

正在無聊地，

正在無恥地，

附和政商污流，

姦淫貪瀆，

儘吃活物，

無其它事可比的。

想當然八十億之眾。

真的也有這些好用，

來當奴才，

來當走獸，

來當廢物，

來當幫兇，

是神任性的生了牠們，

牠們又只得任性的做愚蠢和兇惡的事，

所以說成了人，

必是自私、愚頑和無情，

當成為了人，

必須是這樣的時候，

我還相信神生出了人，

是善意的嗎？

這神，

知不知道人會很殘忍，

知不知道人會很無情，

知不知道人會很沒用，

知不知道許多人都是多餘，

知不知道許多人就是垃圾。

唔，

奈何，

一切是神的構想，

一切是神的造起，

可是，一切和善良相差太遠了，

就是善良方面，

人類很差勁，

因為政治原因，

就殺了上億的人，

因為感情原因，

又會砍了伴侶家人，

因為吃喝原因，

更多生靈碰了滅頂之災，

這樣的世界，

恐怕神還不清醒，

一意孤行的把延續下去，

真個不看到，

人類多半無情，

人類多半愛縱欲，

人類多半只沉默，

人類多半不懂得感恩，

如果我是神，

才不要牠們，

生牠們出來不就是傻了嗎？

牠們欠太多，

欠同情，

欠尊重，

欠常識，

欠良知，

只有神能生出這樣的物件來。

塵世宿孽無窮之，

賤人和蠢人，

就是這個人間的核心，

唔，

我真的無能力了，

神也管不住牠們了，

便由牠們作惡下去吧。

徒有八十億眾，

罔生成人，

罔顧仁愛，

神也不理會，

唉，

這個世界還會好嗎？

只有神能包容，

包容着無數罪惡，

包容着無數壞物，

包容着無數垃圾，

唉，

誰也不曉得，

千載萬年，

壞上加壞，

當人真差，

真是不用活下去了，

噫，

我當了人，

還當一個有靈性的，

是何等的不是呢。

這個大地上，

歧亂、

污染、

罪案、

欺負、

仇怨、

空假、

這個大地，

正要容下一個我，

隨著這樣世道和氛圍，

心痛和無望的，

許多年了，

神真的不會來救我，

我不會再相信他了。

而且，真有那樣的神，

其想法和造化，

睿智，

又殘忍，

所以，這世界絕對不會良善的，

永遠不會，

這世界永遠是殘酷的，

永遠都是。

面對一切，

我是不服氣，

不認命，

難過，

也難明白，

既然人間太多笑話，

既然人間太多悲催，

既然在人間只是遇到來之不盡的離別，

既然在人間只是待某一天進入棺材龕底，

那就走得越遠越好，

甚麼也不干我的事。

都知道，

人多就不會好，

這是神的創造力的缺陷，

人命，

真賤，

人心，

真壞，

神的意思，

真傻，

我可看透了，

離開了家和國，

孤身一個，

也不是最可憐的，

我還有命離開，

有命做事，

比起那些犧牲了的，

也何等的好。

這世間哪，

每一天都是殺戮，

每一天都是作惡，

每一天都是無情的日子，

每一天都在制造垃圾，

犯何必的來？

熬下去作甚麼？

沒有人懂得我，

沒有人要來愛我，

我只是像微塵一般不重要的存在，

莫活下去吧，

天地無情，

人間無情，

就是沒有好事來與我，

想神是痴糊塗的，

看不到嗎？

人間分明是垃圾，

人很會罪惡，

人很會狠心，

人很會不在意，

人很會做無恥，

人間分明，

真無情！

真無義！

真無聊！

這個世界可以很無理放縱，

這個世界可以很危險恐怖，

是神的他，

都看不看到？

一旦當上一個生命，

便是難關，

便是劫數，

身不由己，

含冤含恨，

他都看不看到？

神，害的人過分，

錢，害的人過分，

人，更害的人過分，

神，要萬物一貫的犧牲，

來成全吃肉動物的活用，

神，要他的嚮往強加諸在這個世界，

人都不能說不，

不能尋仇，

除了孤獨、

害怕、

心憂、

勉強、

走避的活著，

我能怎麼樣？

此刻，

天地無晴，

人間也無情，

不絕的想，

任何禍災都是神帶來的，

任何垃圾都是神帶來的，

一切生成，

非常表面，

一切只是罪行和昧慾的表面式，

一切只是罪行和昧慾的進行式，

看到吧，

這人間瘋了，

這人間瞎了，

好不幸，

一切都是真的，

好不幸，

我無力逆流而處。

莫活下去吧，

這是垃圾一般的世間，

混賬無極，

混亂無度，

是作為人的，

不想成了垃圾，

活着也被當成垃圾，

死了也真成了垃圾，

都是冤枉啊，

還要一起遠近皆同，

天時無止的受冤枉下去，

都是注定的啊，

都是注定的不幸，

注定的委屈，

注定的難堪，

還不死了？

這方是真解脫。

緣起，緣盡，緣滅，

問世間生為何物？

皆垃圾矣，

一切事物荒誕莫明，

可太無謂，

吾身一息尚存，

只是更多看到人的無知，

人的弱智，

人的俗耐，

人的殘暴。

神嘛，

饒了我嘛，

一切也太久了，

繁榮的盛世又如何，

人口再多又如何，

都是苟且作假，

惡溺不堪，

蠢患不絕，

鮮血腐肉不輟，

我厭棄之，

走遠去，

天之遼，

地之闊，

沒有人與我一起，

那是一絲溫柔也沒有，

萬般抑壓在心頭，

想自己無能之極，

再想下去要神經病了。

神的恩，

神的孽，

神的無謂，

奧祕無盡，

似永遠無解，

只許人發出不勝神之嗟嘆。

世間繁盛，

世間折損，

是神不惜代價，

要惡毒之世維持下去，

人間即惡世，

惡世似永恒，

嘿，

人間，

惡世，

不要記掛吧，

現在，

真的連呼吸都會招到病毒，

要死的，

人間太危險了，

沒辦法，

人間於我，

只是殊途。

說回來，

神，

非常霸道，

非常極權，

神，

能給人錯配，

能給人慘烈，

能給人冤命，

能置人不公平，

能令人進地獄。

到底，

神的實習，

神的作業，

真的很妙，

真的很痴，

真的很壞。

那特多的，

嚐菸，

酗毒，

嫖娼，

投化糞，

害大氣，

私虧公，

殺密麻，

人間，

太糟了，

這人間，

除了這些垃圾，

還是這些垃圾，

神還要出生這些垃圾，

人間要還生產這些垃圾。

神玩了許多人，

神害了許多人，

人也害了許多人，

坑了許多人，

神和人，

玩了我，

害了我，

玩了眾人，

坑了眾生。

神是我永遠不知道的神，

神永遠不是我的神，

人是我永遠不知道的人，

人間是我永遠不知道的人間，

人間永遠不是我的人間，

只是要發生更多虛偽，

更多淌血，

更多垃圾，

一切真好造化。

嘿，

神不用在乎每個人，

以神之力量，

漠視人心和人命。

他給人生命，

給人慾望，

給人意外，

給人天地之災，

人再給人控制，

給人威脅，

給人壓迫，

給人困擾，

給人患難，

以神之力量弄出一切，

人不希望的他要弄，

人要慘痛的他要弄，

不知他是不是在玩，

也不知他還在不在生，

只知他做出了眾人，

只在縱慾，

在犯賤，

嘿，

不知許，

一切最終是如何？

想了許久，

要走了，

前方，

是一個巖崖，

看去峻嶺水峽，

飄然清涼，

想，

說過的那三途，

該如何去行？

誰能提示我？

下部 北峰中

嗨，我在諾巴剎廟寺出家了，已逾年了，它位於藏諾布山脈和亞速達海的邊處，每日的修行，只不過是保持心淡無俗，獨佔天地，偶然思考一下人生、人性、世界和神，生活靜樂無比。自從若干年前被父母叫我去死以後，我再不需要在俗世活着，因為我都心虛了，心想我不需要名利，而且我努力了也得不到別人理會，真徒勞，真的累，好吧，反正俗世對我來說已是垃圾，人生不足留戀，想到了出家，以後的人生就很少煩惱了，不消一天，便決意離家，一走平生未嘗所及的遠方。

我這個東方人，生命從八十年代起，還不夠四十歲，沒有人愛，沒有人憐，一輩子真寂寞。從前愛着小妹兒，可惜是親生，可惜她不很愛我，就是有親關係了，又永沒辦法在一起，直想是那神冤弄，快然悵然，一直無理無地可訴。

三十多年裏，我沒法和別的女子在一起，在一起又如何，便是淫辱她、負責她而已，也不是樂趣。

唉，我的命不好，我的命不配好，好事不由我，好人不要我，好物不在我，一輩子我就是沒運氣。

一物一得，有緣，終是沒緣，沒緣，就是沒緣，活了，等於

沒活，一切不斷得到和失去，每日每夜，附和一腔怒氣，空靈空恨，強念思的話，要麼忘不掉，要麼想還亂，數十年後，我只是一名死人，甚至是殘灰破肉，沒甚麼嚮往了，待在以後的世界，我不再痴心妄想。

曾經怨父怨母怨人怨神，唉，我到底是無數個億裏的一個，些須臾間，到底是宿命，到底是受活罪，我從來沒有生存過更正確。

沒親人，沒愛人，沒友人，不知誰真正的生我，只知誰也不敢真正的愛我，這是一輩子寂寞的夢。一路上孤單的想，好像受到了那神的玩弄，來到了這個到處是幌子、是罪惡、是垃圾的世界，一切多麼的表面，一切多麼的惡壞，一切多麼的殘忍，一切多麼的無謂，一切多麼的使我難堪。偽人類，真獸物，綿延無盡，無恥而為用，犯傻、犯賤、犯貪、犯淫、犯殺，使世間混亂無比，一切多麼有事實，一切多麼有干勁，我這俗世小人兒沒能力，有志氣，出世前是作家，現在不知自己算不算是個僧人、還算不算是個作家、算不算是個好人、算不算是個牲頭、算不算是個垃圾？

我生在一個低等民族裏，從不知道自己的來源，不了解自己的宿命。看一切有原沒因，天地宇宙之載，無極無量，無能

如我，明知來這天地當一條垃圾，成為那神的諸一設定，相信我不會感恩，只有餘生的感性，涉其山中，似乎在比較安全的地方，一心無染欲。一向不庸俗，一向自視清高，不知我是不是神經病，我不管，死活煩絜，一切都是那神給我的，就不能抗拒那神給我的一切，就我行如故。

從前想自殺，想這世界恁可怕、恁多餘，我恁無能可施，想有愛何惜？一息尚存，只是滅身之前事，踏進繁絲繁地，爾後如同沒有，我身只是凋零，只是一個待去之殼，繁世之象，一切都不中用。

我從前認為的，不是真的，真、善、美、德、恩，轉眼便逝，來這世界，便是多餘，便是無聊，總之，一出生便完了，一出生便是步向終結，一出生便是誤，一出生便是輸。那神真討厭，殺戮、虛假、污染、危險、病痛、辛酸、無聊、垃圾，全都被他出現了，人生錯對，冤衍無常，痴迷無盡，生命除了犯賤犯錯犯傻，還是犯賤犯錯犯傻，唉，多麼成功的現象。

我不明白那神的思路，創造世界，即是創造罪惡，折辱於人，那神的套子、變態法術，使人縱欲難明，不能善其身。神要玩弄人間，聰明的人，只有拒絕延續生命的自由。總之，這個世界屬於蠢人，來這個世界就是等死，不要來。

一夜想到：

吾生已不幸，世事太煩憂，一片空虛恨，何以熬此宵？

不想活，生命只有太多的無助。

那神的想法和做法一開始便是錯。

唉，活着都想到不知誰在害我，唉，活着都想到到處是傻子，唉，活着都想到我不能活得比別人好，唉，活着都想到一切都是被威迫出來，唉，活着都想到是那神害我罷了。

唉，「唉」是我的一生，唉，我命如此，不得安好。

唉，除了自殺，我沒有法子。

那神，開創了世界便滿是悲慘和遺憾，實在不對路，盡快了結孽宿，一切安然。

自殺以前，想了許多不要活的理由：

　　活着很孤獨，

活着很無奈，

活着很無助，

活着很無用，

活着很痛恨，

活着很無解，

活着很迷失，

活着很荒誕，

活着很曲折，

活着很煩惱，

活着很疲累，

活着很膩悶，

活着很不和諧，

活着很不協調，

活着很艱難，

活着很委屈，

活着很欠債，

活着很錯過，

活着很自慚，

活着很遺憾，

活着很慌，

活着很造孽，

活着很下賤，

活着很愴困，

活着很冤心，

活着很形式，

活着很片面，

活着很擾亂，

活着很失意，

活着很傻。

人類很殘忍，

人類很無情，

人類很自私，

人類很無能，

人類很貪嗔，

人類很白痴，

人類很頑劣，

人類很色慾下流，

人類很無知失格，

人類很假，

人類很會說謊，

人類很無恥，

人類很變態，

人類很多餘。

這個世界很表面，

這個世界很混亂，

這個世界很無聊，

這個世界很虛偽，

這個世界很骯髒，

這個世界很勢利，

這個世界太多血案，

這個世界太多意外，

這個世界太多不是，

這個世界太多限制，

這個世界太多無視，

這個世界太多凶狠，

這個世界太多野獸，

這個世界太多虐殺，

這個世界太多病痛，

這個世界太多不幸，

這個世界太多垃圾，

這個世界太可惡。

來這個世界沒有將來，

來這個世界就是終結，

來這個世界就是給玩弄，

來這個世界就是給弄污，

來這個世界就是要失去，

來這個世界就是給忘掉，

來這個世界就是當囚徒，

來這個世界就是給退場，

來這個世界就是等死，

來這個世界就是當垃圾。

一切是孽，

一切是錯，

一切是糾結，

一切是孤單，

一切是枉然，

一切是傍徨。

唉，神是存在的，唉，我的命就是這樣，唉，一切都不能改變。唉，哪裏好生的神，好生的念，丟我在這世界，丟我在這垃圾堆？唉，沒有神就最相適，他的戲法害人太甚，落入他的戲法，一切失衡，失常，太多無情，太多無情尸骸，太突兀，太意外，太恐怖，太害人，為何要我看到感到？生活無聊，生命無知，生命一開始便是不幸，生命一開始便是錯衍，然後是連場的不幸與錯衍，太無助，忍不住，總是想死。

我錯活了，我不能成大事，我不受注意，我很不重要，不知道留下來要甚麼。沒出家以前，都是想死，那神是所有禍的端，不能違，當下逝去，稱心如意。來這山的時候想，從崖上墮下去就是了，痛也不會久。一切的結，一切的終，不能回去動搖，這世界好像就是為傻人和罪人設做的，人生何來希望，一出生就會死了，一出生就是輸，一切不是我的選擇，沒有維持的需要。

要死的時候，看眼群中一山，雲氣中一頂橙光，不知道它是
其麼峰，就向北的，就叫它北峰，這北峰，天然的竣挺，佯
立風來之，蕩山飄髮，真冷真靜，不想跳了，沿山途到廟成
個半佛。本來我不會來這裏，原來我是文人，出過了一部書，
用去了五萬元，八百部只賣出二十部，似實沒有前途，最好
看的小說，我寫不出來，我沒有運氣，更不會發財，在這行
業不俟了，真的要離開。我不富有又不會富有，許多事因為
缺錢做不了，留在俗世沒有運頭，俗世我又永救不動，我便
放心離開。

換了這世界，在山上住，我不知這山靈不靈，不知山上有沒
有靈，便不用擔待污染的大氣，登山吐納，或佇在一旁清溪，
或放腿盤坐一刻，空氣清然，不嘗和同伴同行，只要帶上裹
包，順地而坐，和天比高，一天一月連年，看書看報，我這
僧非僧人，這裏似乎是我的天地，任我行、任我想、任我寫，
以如此清閒之心，始創自己的文化孤旅。

我住的廟，廟子裏供的是哈爾多哈利布神和達拉路神，對兩
神我沒有認識，不礙事，不願回去世俗，只許待下去，不要
靠神，也讓我超俗，清醒而活，就要這廟子容我吧，只要些
許生活調節，不吃肉不要事，能把在家裏的一套都做進來，
我不誦佛法，不知道的，就不妄唸，只看過波若多經，愛看

人物史言、荒誕小說，總是這些，過目才堪趣快。

這時，我想著不少於五部書，《神功玄德經》、《品神經》、《佛我中和之道》、《波若我念》和《佛心》，不知何時完成。

現今是以病毒為主流的世界，想回去，不用了。一向都是，別人不看待我，我不用看待別人，不是無情，只是性子當然。我的性子就是，一個人也不想見，相對任何人，都沒有差，許多日子了，沒人當我是一回事，是非成敗功過，我也不當來是回事，因為生命都要消逝，我不遺憾生命消逝，只遺憾我不是神，能勞煩無數諸位生命不殆。

前天在拉伯薩山道，左思右想，一生下來，人生匆忙人性惰，的確，這是蠢人的世界，是非善惡，牠們不會一提，倒十分會拉屎噴尿，肚囊裏外，都是垃圾，我如是，也不如是。我不需要家人，不需要朋友，不需要愛侶，只有靈性文才，一向孤獨，來去不知哪方，喜樂悲慘，都像放屁，一會兒就沒有了，任何存物，反正都是虛偽，反正都是無用，於是自我流放於此，不想到那些害我的人，害我的神，再不擔當世俗的身分。

神，這個困擾我一生的名字，到底是怎樣的神？想他的畢世

之功，不可不說其偉大，不可不說其世界諸多垃圾，諸多悲劇，無奈他真的是神，真的造出了這是誰都要待下去的世界，罪孽不斷，給了我一個多麼不想要的身分，把我活在終身的折辱、遺憾和不幸裏，我想到很氣嗆。

那神嘛，從來沒有愛過我，看來也不用愛我，便從來沒有保護過我，看來也不用保護我，看來不只我一個。他是神，我只能是人，世間如何的受污染，生命如何的受折損，他不需要注視，不需要挽救，他就是那樣的神，造出了諸多垃圾，又不需要理會諸垃圾。

這世界只有垃圾太多的問題，不能說救命，那神不會理會，因為那神是定律，是楷模，高到不知哪裏去，那神也是造孽，在滋長不法作弊，世間亂到不知哪裏去。總然那神是謎，他是不知哪裏來的神，在瘋掉的亂世，那麼多人受冤、受指責、受挨打、受死、流了血、流了淚，我厭惡他，但是他真的是神，我能怎樣反他？那神，只在乎膨脹物口，讓生命吃喝丟拋，進而作賤，人哪，只在乎鈔票和生存，把生命吃喝了丟拋，那是迂腐透頂，殘忍不倫，生命在世，沒有要不要生存的意願，一開始便是錯誤，那神愛孤獨作決定，留下的都是蠢物和垃圾。

那神存天理，存人欲，人正是多沒良知。無數賤命當前，錯在他，罪在人，禍在人。錯和罪，我不行，人家行，無聊，無恥，錯和罪，那神怎麼也改不成，平等無枉，那神怎麼也不能實現。

我不信輪迴，只信命定，可神的初衷，令我害怕，神的實現，令我害怕，有神是新生，有神是絕路，物種同命，消耗折費，命盡了下場很慘然。

人是人，人不是人，人是獸，人不是獸，笨事、冤事、慘事、憾事，太多問題不能解，只是物種同命，我何需感觸，一切是真象，一切是虛象，時光去速，許多事那神怎麼也改不成，怎麼也不能實現，神如是，神不外如是。人如是無聊，如是無恥，佛不是神，也不如神，佛不解神，思考之中，我每是欲言不言。

活在這世界，一切不幸和不是難免出現，我一直反感。生死不幸又無辜，生活無聊又煩人，到處是身不由己，到處是不治之症，到處是荒謬絕倫，到處是殘忍無倫，太危險，太可怕，太糟透，這世界，那神還捨不得終結，縱容別個來玩別個，縱容別個來害別個，那神也太危險，太可怕，太糟透。

唉，我沒有犯嚴重的罪，竟遇上無窮人渣，待在錯出不窮的
的世界裏。事出一切非我願，「本來非一物，就是惹塵埃。」，
那神要眾生從眼看不見的游蜉子，成了生命，受一生的痛、
一生的癢、一生的恨、受一生的淫，可太傳奇太棒了。

這世界一切都是傳奇，漂亮得那麼傳奇、愚蠢得那麼傳奇、
衰壞得那麼傳奇，這裏的生命能肆意放肆，因為那神肆意創
造，肆意容許，不惜一切去生化，才有無數壞事。

那神把人都活在慾望裏，活在自私無情裏，一塊混呆的，放
過了無數不法和慾望，這世間，不足愛，不足信，只好依賴
權力和欲望的發展，其它的事，人都沒有責任。

天劫無盡，人生難堪，生即死，死即永遠；生何歡，死亦哀，
真希望一切都沒有發生。生存就有失去和失望，不生存就沒
有失去和失望。人性又鈍，生活又累，在斯數十億無情獸組
成的社會，當上低等生物、走資生物、專制奴才，可是債孽，
也是被玩弄，假如我不是人，是一頭畜牲受宰割給吃了，恐
怕更慘。

看別個可憐的，可惜的我仍然無能地存在，遺憾我仍然無能
地存在，可惜別個仍然受難，遺憾別個仍然受難，別人不行

動，我行動，也沒用。這世界，複雜、無聊、危厄、變態、可怕，我是神，也不要做出來。

這個世界唯一的問題，就是生出來太多垃圾生命。現在的世界，我看見了就不安心，到處都是有毒的污染，到處都是害人的物體，到處都是無情的人渣，任都一起的視而不見，任憑污壞，身處其中，我多麼不屑。

當接近全部人類都是無知的時候，當接近全部人類都是走獸的時候，在接近全部人類都是不行的時候，要一切好起來，尤其是人性好起來，多麼妄想。唏，當一個世界，誠實沒有用，真心沒有用，力勸沒有用，捨身沒有用，只有貪惡有用，濫權虧德有用，無知無能有用，虛偽愚弄有用，垃圾式的滋長有用，凌辱砍死有用，唏，真作孽！真噁心！可幸的，我已遠離了，在這個天然的世界，思緒著，為甚麼這個世界有這麼多的垃圾，看來一切只能歸咎於那個不知在何方的神。他再偉大，他再能幹，我都不會喜歡他。因為正是他，創造了這個垃圾世界。他知不知道，他害了許多無辜的生命。而牠們，都是被迫來到這個世界，來經歷一段由神所鋪設的無謂旅程，在勞苦傷害病老之後一息而亡，化成塵燼，這是多麼的無聊、白忙一生。我知道我沒有責備神的說話權，可是世間一切不應該的應該，全是由他而起，我不能放下心來。

那神的力量，使不應該存在的，都存在了。那神，他看到了嗎？那些當人的，無情、自私、殘忍，每天如是，那些當畜牲的，被冤枉、被關禁、被凌辱、被強打、被生屠、被吃了，又每天如是，那個當神的，知道了沒有，憐恤了沒有？他該知道，實在太多不該來這個世界的生命了，但是他偏要這些生命來活著，嘿，人生很不均等，財富和遭遇很不平衡，無能無知的卻特多的是。

唉，就是嘛，這個神擁有任何人都不知道的超能量，把無窮無盡的生命活生的出現，過了一段不短的時間又無端消失了。我不知道，這個神到底是不是愛生命，到底是不是愛玩弄生命、殘害生命。看野獸的尖牙弧爪，就知道這個神要這個世界更多殺戮。看人類奸詐巧取，就知道這個神給牠們腦袋真的邪惡。這個世界美，卻是多餘。這人間似是而非，稍縱即逝，轉眼成空。人心弱知無能，沉淪荒殆，迂迴難測。俗人都虛張聲勢，沒有大用。人生實在，充滿阻力，充滿不幸，充滿懼懾，充滿壞性，充滿限制，充滿虛空，充滿悲催。人生實在慘，當一個人，待老即病，非死也傷，活在這個世界，我如何還有所盼望。我不是傻子，無奈思考起來，是痛心又不解。

這個世界唯一的問題，就是生出來太多垃圾生命，太多垃圾

的生命，不斷造成危機，影响了眾生命的安全，也影响了我的安全。可能神也意料不到，也放開去了，也可能他已死了，從此這世界垃圾不廢，罪行忒生，荒謬不斷，一切發展都在我的思考能力以外，令我很不耐煩。既然一切是原惡、原罪，奈何要我看見和忍受這些澀緒？一切都太突然，一切都太無謂，在這個神所創造出來的球體裏，遍佈令我不快的不幸事兒。我當了作家，一直思考和書寫，也永不解那神要戲弄這個世界的真正意思。

沒有錯，那神真的很偉大，很能幹。可是他又錯了，只把能力一直的延伸，無數生命只許被生存了又不知何時的死亡。活著很無聊，活著很傷痛，活著很無奈，活著是犯賤，活著是犯法，活著的都是個犯人，也許神不會知道他的錯。可那麼多的錯，為何要我和其他生命都承受了？這個冤孽無窮無盡，循環不息，為甚麼神不用承受？這個冤孽無窮無盡，循環不息，便是神的大能了，便是神的大能，命運自此而生，慘劇自此而成，一切不能回去。命運，等死而已，一切的人，都在等死，一切無謂而生，無謂而終……唉，我在這裏，看著一片野地風光，回家不會，回國不會，出家也不全曾，無窮無盡的思緒，那個神知不知道？

那神啊，他很勁道，造出的這個世界，汰弱留強，虐殺動物，

廝互不理睬，很強勁了，怪他不能，怪人也不能，我只不知道這神的作為值不值得。那神的神經質，衍出人的神經病，人痴，人昧，人苟，人惡，他要還無數無聊的人渣持續出世，使世界上的生存與快樂，都建基在吃慘死的生靈分上。這個神啊，給人甜酸，給人辣苦，給人視野，給人痛癢，給人生死，給人遺憾。這個神啊，孤謀獨斷，成就了白痴，成就了貪寐，成就了惡意，成就了暴力，成就了傷痛，成就了無聊，成就了不幸，成就了奇觀，成就了垃圾，都早知是這樣子了，還執意做，還要做，你看神痴不痴，傻不傻？那神啊，是所有人意料之外的神，是我永不會喜愛的神。

我生而成人，不知道幸運不幸運。我這個小人兒，生在這污垢上的世界，無權無勢，只能夠側看着，那好像全能的神，他為了這個世界，作出了無數孽障，唯有他，能作出了這無數孽障，無數個億的，各色各樣的奴才和走獸，壯觀、擠擁也污穢。我當然沒有地位去問他，是人都不能。他就是神，他真的是神，在超然的生育著無數人渣。人的故事，如何盛世，都只是人渣們的事，我活在這裏，看人渣，受人渣們的氣，是報應嗎？是冤枉嗎？

我和那神沒有緣，我只和惡俗的世界有緣，那神的這個世界，殘殺，分贓，惡俗不了，生命之源是他，萬惡之源是他，無

極罪惡，無極悲劇，倒有無數生命被迫來活著，來承受災難。也想過，那神不是好東西，那神是害人的東西，那神是厲害得非常令我討厭的東西，只是無奈吧，只是無力吧，無法決定的是只是，那神的念，眾生的命，我的命矣。

這世界對我沒有甚麼意義，那些人是經濟的養分，人是殘忍的養分，這世界，真很傷人，很損人，很害人，對身心都是。看這世界給人孽緣，給人煩惱，給人深痛，是那神害了眾生，是那神害了眾人，如我不少的人，一時冤氣無盡，怒難自禁。

人一生出來便該死，那神為牠們放下了無數食物，牠們無一物能予回報，還吃了那麼多天，真該死了，雖然那神也不公，把無數人出生於不幸之世，挨痛受難，許多的善沒善報，惡沒惡報，還遺下了地大的血債，想個究竟，那神到底是神，做了太多人所不能的事了，到底是恩多於咎。

人一生出來，便是等待終結，成為死灰；人一生出來，便是成為罪人，等待腐化，神做出的奇迹，那神做出來的成就，到底是徒勞，是一剎那的。對許多人來說，人生原來就是沒原則，沒公理。人生原來就是無聊的命定，無聊的延續。人生原來就是慾望的動力器，淫賤的發洩機。人生原來就是罪惡的梯級，罪惡的載體。人生原來就是身不由己，人生原來

就是白忙一場，人生原來就是被上天戲弄，人生原來就是無情無助，人生原來就是垃圾，歸溯源頭，這是神的錯。便是神的錯，便成了人獸間的錯。算不盡，無數生靈，受打受捶受斬切，痛極而死，而我無力救護，是何等的無奈。和牠們的傷害相比，甚麼家人、親友、事業、民族、世界，都是只是垃圾。該死的人類，卻不該死，無辜的走獸飛游，都多受到活剮烹吞，骨肉零落，這就是神的奇蹟，多麼殘忍，可是在他的大能光照下，就是殘忍罷，大夥兒才能有的吃，大夥兒才能生存下去。

屠創之地，屠傷之處，獸物的悲怨無主，比世界一切為重。

世之宿孽，何時方休？正是沒完沒休。我和眾生一起，一起活著就是受罪，一起活著就是無能，都不能解決了。這是一個必須庸碌的世界，這是一個必須殺生的世界，這是一個必須罪惡的世界，這是一個必須討厭的世界，是我這樣的人，能明白了，就不想在那裏，走資下去，生活下去。不是我這樣的人，要麼繼續走資，要麼繼續生殖，要麼繼續犯罪，都是做無聊、垃圾的事。

在經書裏覺悟到，今世是孽，轉折為僧，唸法成佛，是心所依。一念終身，這個念頭在我心裏迴響不減。想到底，一個

機械化了的世界，一個必然無情的世界，一個必然淌血的世界，一個要麼繼續失智的世界，一個要麼繼續垃圾過去的世界，我在這裏，要麼結束生命，要麼勉強容忍活下，要麼入寺為僧，只有三途，想到如今，入寺為僧，我也不知道如何善後。

干了十多年文化事業，雖然沒有發財，我只是一個有靈性的作家，這個人生是要淒零的，淒零的作業，淒零的勸道，就不多人理會，還看到人類到處說虛話，做不義的事，再想下去人生也沒有意義。

都說過那神任憑罪惡行健，任憑人性粗惡濫暴，遇到一個善良人，或行一個善念，實在是罕然。俗世、盛世，也是惡世，人類、人性，也是人渣、賊性，天下所及，莫非渣糞，光鮮漂亮，何等表面，內裏都是不堪入目的模樣。

這個世界的一切都很表面，你要是喜歡待下去，就是傻的，還進行繁殖的活動，走資勞動，何等愚昧，那人身的污，人心的墮，豈有挽回之理。

從前對那神說，請救回來我吧，投生人世，不是啥好事。人生沒有許多用途，充其量富有了，便用途多一些，做了甚麼

事，也是要死的。他的世界又糟，又壞，又毒，又臭，又色，又瘋；他的世界很罪惡，很劣質，很血肉，很不幸，很下賤，很嚇人，很變態，很可怖，很悲哀，很討厭，很垃圾，是人都不中用，卻愛利用與暴用。

我不知道這個世界好不好，我不知道那神做得對不對，倒念那神就是任性，那神就是任意，他滋長出來的，一切是孽障，一切是前所未見的慘傷，一切是前所未見的無謂，只給我增添見識和壓力。

那神和人的罪孽的確非常深重，我深切難過，深切絕望，請他不要再折騰我吧，我也不要痛不想受辱，只要看到愚和暴，只要遇到毒和假，只要目擊生命被血肉分離，我雖生猶死，氣力不繼，生而為人，實在沒有得力之用。

當人的啊，如今有八十億之眾，多半不知道自己是甚麼，正在無聊地，正在無恥地，附和政商污流，姦淫貪瀆，儘吃活物，無其它事可比的。想當然八十億之眾。真的也有這些好用，來當奴才，來當走獸，來當廢物，來當幫兇，是那神任性的生了牠們，牠們又只得任性的做愚蠢和兇惡的事，所以說成了人，必是自私、愚頑和無情，當成為了人，必須是這樣的時候，我還相信神生出了人，是善意的嗎？

那神，知不知道人會很殘忍，知不知道人會很無情，知不知道人會很沒用，知不知道許多人都是多餘，知不知道許多人就是垃圾。唔，奈何，一切是那神的構想，一切是那神的造起，可是，一切和善良相差太遠了，就是善良方面，人類很差勁，因為政治原因，就殺了上億的人，因為感情原因，又會砍了伴侶家人，因為吃喝原因，更多生靈碰了滅頂之災，這樣的世界，恐怕那神還不清醒，一意孤行的把延續下去，真個不看到，人類多半無情，人類多半愛縱欲，人類多半只沉默，人類多半不懂得感恩，如果我是神，才不要牠們，生牠們出來不就是傻了嗎？牠們欠太多，欠同情，欠尊重，欠常識，欠良知，只有那神能生出這樣的物件來。

塵世宿孽無窮之，賤人和蠢人，就是這個人間的核心，唔，我真的無能力了，神也管不住牠們了，便由牠們作惡下去吧。徒有八十億眾，罔生成人，罔顧仁愛，神也不理會，唉，這個世界還會好嗎？

在神無謂的鬧劇裏，我不能忘記一切難關，那神要害我，我不得不遭受，誰也是，誰都被這個世界糾纏得過分，數十億輪迴，數十億沉淪，數百億已往生，我仍然孤蕩，眾生仍然受難，我不能失去記憶，多害我心裏不適。一切難關，只有那神能包容，包容着無數罪惡，包容着無數壞物，包容着無

數垃圾，唉，誰也不曉得，千載萬年，壞上加壞。當人真差，真是不用活下去了，噫，我當了人，還當一個有靈性的，是何等的不是呢。

這個大地上，歧亂、污染、罪案、欺負、仇怨、空假、慘傷，這個大地，正要容下一個我，隨著這樣世道和氛圍，心痛和無望的，許多年了，那神真的不會來救我，我不會再相信他了，而且，真有那樣的神，其想法和造化，睿智，又殘忍，所以，這世界絕對不會良善的，永遠不會，這世界永遠是殘酷的，永遠都是。

面對一切，我是不服氣，不認命，難過，也難明白，既然人間太多笑話，既然人間太多悲催，既然在人間只是遇到來之不盡的離別，既然在人間只是待某一天進入棺材龕底，那就走得越遠越好，甚麼也不干我的事。

從小都知道，人多就不會好，這是神的創造力的缺陷。人命，真賤，人心，真壞，神的意思，真傻，我可看透了，離開了家和國，孤身一個，也不是最可憐的，我還有命離開，有命做事，比起那些犧牲了的，也何等的好。

這世間哪，每一天都是殺戮，每一天都是作惡，每一天都是

無情的日子，每一天都在制造垃圾，犯何必的來？熬下去作甚麼？沒有人懂得我，沒有人要來愛我，我只是像微塵一般不重要的存在，莫活下去吧，天地無情，人間無情，就是沒有好事來與我，想那神是痴糊塗的，看不到嗎？人間分明是垃圾，人很會罪惡，人很會狠心，人很會不在意，人很會做無恥，人間分明，真無情！真無義！真無聊！這個世界可以很無理放縱，這個世界可以很危險恐怖，是神的他，都看不看到？一旦當上一個生命，便是難關，便是劫數，身不由己，含冤含恨，他都看不看到？

那神，害的人過分，錢，害的人過分，人，更害的人過分，那神，要萬物一貫的犧牲，來成全吃肉動物的活用，那神，要他的嚮往強加諸在這個世界，人都不能說不，不能尋仇，除了孤獨、害怕、心憂、勉強、走避的活著，我能怎麼樣？

此刻，天地無晴，人間也無情，不絕的想，任何禍災都是神帶來的，任何垃圾都是神帶來的，一切生成，非常表面，一切只是罪行和昧慾的表面式，一切只是罪行和昧慾的進行式，看到吧，這人間瘋了，這人間瞎了，好不幸，一切都是真的，好不幸，我無力逆流而處。

功在神，錯在神，枉在物，痛在物，唉，莫活下去吧，這是

垃圾一般的世間，混賬無極，混亂無度，是作為人的，不想成了垃圾，活着也被當成垃圾，死了也真成了垃圾，都是冤枉啊，還要一起遠近皆同，天時無止的受冤枉下去，都是注定的啊，都是注定的不幸，注定的委屈，注定的難堪，還不死了？這方是真解脫。

緣起，緣盡，緣滅，問世間生為何物？皆垃圾矣，一切事物荒誕莫明，可太無謂，我身一息尚存，只是更多看到人的無知、人的弱智、人的俗耐、人的殘暴。神嘛，饒了我嘛，一切也太久了，繁榮的盛世又如何，人口再多又如何，都是苟且作假，惡溺不堪，蠢患不絕，鮮血腐肉不輟，我厭棄之，走遠去，天之遼，地之闊，沒有人與我一起，那是一絲溫柔也沒有，萬般抑壓在心頭，想自己無能之極，再想下去要神經病了。

一切，到底是甚麼？一切，到底會怎樣？那神的恩，那神的孽，那神的無謂，奧祕無盡，似永遠無解，只許人發出不勝神之嗟嘆。世間繁盛，世間折損，是那神不惜代價，要惡毒之世維持下去，人間即惡世，惡世似永恒，嘿，人間，惡世，不要記掛吧，現在，真的連呼吸都會招到病毒，要死的，人間太危險了，沒辦法，人間於我，只是殊途。

說回來，那神，非常霸道，非常極權，神，能給人錯配，能給人慘烈，能給人冤命，能置人不公平，能令人進地獄。到底，神的實習，神的作業，真的很妙，真的很痴，真的很壞。那特多的，嚐菸，酗毒，嫖娼，投化糞，害大氣，私虧公，殺密麻，人間，太糟了，這人間，除了這些垃圾，還是這些垃圾，神還要出生這些垃圾，人間要還生產這些垃圾。那神玩了許多人，那神害了許多人，人也害了許多人，坑了許多人，那神和人，玩了我，害了我，玩了眾人，坑了眾生。那神是我永遠不知道的神，那神永遠不是我的神，人是我永遠不知道的人，人間是我永遠不知道的人間，人間永遠不是我的人間，只是要發生更多虛偽，更多血淌，更多垃圾，一切真好造化。

嘿，那神不用在乎每個人，那神代表所有，以神之力量，漠視人心和人命。他給人生命，給人慾望，給人意外，給人天地之災，給人奇冤，人再給人控制，給人威脅，給人壓迫，給人困擾，給人患難，以那神之力量弄出一切，人不希望的他要弄，人要慘痛的他要弄，不知他是不是在玩，也不知他還在不在生，只知他做出了眾人，只在縱慾，在犯賤，嘿，不知許，一切最終是如何？

想了許久，一人在風裏站，銀月在上，看去一堆陵峽，江流

陡經，無語堪聲。想要走了，前方，是一個巖崖，看去峻嶺水峽，飄然清涼，想，唉，按道理，那神是很了不起的，竟令我不能說他好，按道理，那神就是討厭的，着衆生不明就裏，一生來了又要走到沒命去，但他留下了食物，也不是放棄眾生命，要眾生命真活的，那就麻煩了，人一發展上來，都是賤人笨人罪人合夥來趁趕物質文明，一切只有模式的表面，直等待生命熬煙火，成白塵，做福更在做孽，這一世，我的心頭只有特多人生的悲音。

壯年時候，我不知道人生的意義，不知道來這世界要干甚，現在要中年了，是塵俗世的，我都厭倦，想感情，其實都是虛妄、掠影，物質，其實都是暫存、虛無，都沒有很要緊的了，不知道那神是甚麼勞什子，在俗世被耍弄了許多日子，人都無助於我，真厭倦，真覺假，真失望，不走才我不是人。

那神，成全了無數有病、無知、弱能的物體生長，看了人性物性，我就提不起興趣，這世界何須情意，只有利益的依靠，害物殺物，永不要緊。

那神是多麼荒謬，那神是多麼糊塗，那神是多麼殘忍，那神是多麼不曉得自己的過，我不認為生命有未來，生命是將來成為灰塵而已。

神是超級的，神是超越所有生命的，而我等，孤單的命，孤生而死，在偉大又可恥的世界，彼此消費對方，人生僅此而不已。

眾俗人一天不死，只是混說瞎說，混干瞎干，很少幫助別人的，不見無數不真誠的人，頃刻在山天野地，我已不吝惜一切，相伴雲來、風起、走飛的蟲子和花葉的遺骸，心靈都空虛、淨化，在此天下，沒有人間，光明的花，光明的樹際天空，把我的心頭無限開展，高清達意，看來看去，咫天山地，荒遠野寺，一干小眾，沒有女人，碰不著女人，使假定自家沒有生理需要了。一輩子不喝酒，不抽菸，發洩的法子，僅限在思想裏鑽轉，作本子寫評，來傳神悅目。

在俗世一身無用，恰巧便是我的性覺。

有生物便是冤孽，在世界只是看動不動的物體，在廢話、交易和妄作中度過。

我從空虛到絕望，空虛的前路，空虛的物迹，空虛的心靈，從絕望到空虛，絕望的前路，絕望的物迹，絕望的心靈。

唉，世界很壞，乃是神的好戲，唉，他以己之欲盡施於物，那神究竟是善是惡，唉，他知不知道不對，知不知道一切都是冤孽？唉，他該了結一個有病的獸物世界，他卻沒有，空全沒有停止，唉，神就是罪愆。

面對恐怖，面對冤惡，面對誘惑 ，只是孤拙不足，只是眾拙不足。

忍不過，失望過，失望是，我的確是人，又不能代表甚麼，不能做好甚麼，只要獨孤地不愛人，不愛這個世界，不愛那神，有安靜便罷。

今天我坐在一處郊座上想：人生，是奸，是罪，人性，是痴，是溺，那神既有大能，也是奸，是罪，是痴，是溺，這世界是地獄，是垃圾，那神執意造出來，便是奸，是罪，是痴，是溺，可真討厭，可真厲害。那位天上之神，把我和無數生命一起，強送來這世界歷劫歷難，可真奇妙，可真捶胸唏噓。世上污染太強，殘忍太強，無情太強，愚性太強，貪黜太強，這些都是神之強大來的，神之強大，便是那神的錯、神的罪孽，慘然無痕。不少人已會知道，人愚不能治，人頑不能改，數十億年了，那神沒有看清了？肅正罪孽，太遙遠啊，那神的恩孽，那神欠下的血債，那神欠得起來，只是萬物來扛，

何其不幸無奈。要說，我到底有沒有上輩子？上輩子和這輩子我到底做錯了啥的？因為那神，我要受他辜負許久，一切沒選擇，一切太錯誤，把我活在唏噓裏，那個真害了我的神喲！這一生一直感傷感嘆，心中不能平復，我也要堅定着，不愛那神的決意行事。

天高地闊海深，那神創造了，還有生命的互相騙吧，互相打吧，互相殺吧，那神知道了沒有？覺悟了沒有？生命不善，那神作何為？那神支援下，惡孽沒完，一直運作，一直混賬，那神既溺堕，生命也溺堕，那神放縱，生命更加放縱。人世太久，反覆末完，生命溺迷更迭，世間蠢相，附和罪惡，互找交配，無處不在。生命成敗皆是塵，那麼多的人生而為名利，亡而為灰朽，還有一出生就是被玩弄，一出生就是被欺負，一出生就是將來成為賤胎和人渣。生命就是成為垃圾的過程，肉體內都是難看的肉渣，生命何等的無奈，永遠的是，我看他看，人不理我，我不理人，人間用不着愛人，人間用得着害人，迂迴不輟，不知者受罪，那神也不用受罪，悲怨之戲，看了無數回，我只能當個等閒人，想到很氣餒。

了解這世界有四類人，男和女，蠢人和賤人，普天之下，恩怨不能分明，苟且不能終結，無知者總能繁衍起揚，多少有志者事不諧、事不成。生命妙，也很不妙，生錯地方便不妙，

沒保佑就很不妙。以前想，神不佑我，便是仇敵，就是不能
敵，便心裏作仇，說那神真不應該，把這世界付了給人，人
就是自私，人就是無能，為別個總不想擔當。唉，沒有上天
的作弄不行，從來是上天的時序，附靠生命的不幸來進展，
唉，那神做錯了，便成了我的事，一輩子玩我來，害我來，
想我真在上輩子做錯了事，不能一輩子無愧之餘，只有怨了
又怨，永不了明。

人世之旅，不盡不滅，蠢人賤人和壞人，陸續誕生，往還不
息，試問那神在玩弄生命多少回以後，才知道做錯，才知道
停下來？那神的錯，要所有生命來承受，這就是沒有理據的
天理。世間所有皆是那神所出，所有皆是神所禍，沒有神了，
一切可解脫，但是那神就是隱若存在，隱若不死，諸多劫數，
冤透人愚透人迷透人害透人，何其無奈之餘，還要活，那麼
還要活着的意義，只有愚蠢罷了。

生命愚蠢無情，生命的亂倫，永無規限，更是人對生命的屠
殺，涮皮斷頭剖肉，一切沒法子，那神要人搞血腥，要人動
刀槍，無數血債，可悲憤悲壯，那神對人類好，對畜牲殘忍，
我看來體驗神的奇迹，一點也不好玩。

普通人，不能不服神，不能不認命，神的蠻能，神的成功，

事實識明着神的一切可能更複雜更討厭。在他的世界，做了等於沒做，來了等於沒來，生死卻無數，殘忍倒無罪，一切不合算，論到底，我遠無能力，一計莫展，只有不喜歡他的權限，從囂鬧裏離開消失。

生命是無窮無盡的孽遇，無論怎樣，這個世界會永遠缺乏愛，尚有不均和殺戮永存，不念一切糟透也要一切繼續糟透下去，那會是怎樣的神？那神決要如此，我還何為？那神是甚麼，那神靠甚麼而來，他在弄甚麼，玩甚麼，人都不知道。誰不知道那神在亂弄着，那神正在亂弄着，從荒古亂弄到如今，還有未來。眾人全是那神的奴隸，頭腦必定痴絕，人性會好，我不奢望，不妄念。我是異類，是殊途，把那些在人間當工作機器，當吃肉酒的走獸們活出來，那神特多事了，他不該對人類好，制造那麼多垃圾，那麼多慘劇，又不負責，他要生下太多的白痴，太多的人渣，逗誰來？那神不玩，要眾人玩，都害人的，遺憾那神，不在乎人感受，何不知人生就是屈辱？人生許多假像，很少真靈，一干傻大眾，來每天無謂的生存，無謂的作賤，人生就是這樣，當接近全部的眾生都是垃圾的時候，就儘死好了，眾生該死，那神更該死，他是始作孽者，我敢想，我敢說，我敢寫，要那神不愛我就是。

那神的是和非，不知怎地，一直害我、辱我，嘗到一切神的

冤弄，直到我對人都提不起興趣，從然換了天地，別了人間，那人世匆忙得不能記，荒謬得不能理，只把詩興自道：

漫山遍野無情義，漫山遍野唯我在，漫山遍野心欲言，漫山遍野我只描。

情不情亦沒人知，緣不緣也無心念，真不真也是假像，誰是誰非我也無意。

世上多沒情，繁殖最無聊，既生成雜種，天意不能違。

不曾作惡，卻屢逢冤，猶是青山，予我一眷。

勞煩何執着，生死亦虛空，心明山上看，無數只如夢。

虛染浮塵，虛染剎那，凡生如夢，盡是虛空。

繁美只是夢，一意上青山，神是執孰意，莫懷那冤懟，潛中自有道，歸隱清靜在。

頑皮之神，害物至甚，一切生而復得，一切得而復失，無限

生，無量命，些瞬間，粉碎去，在法中，空虛唸，一切以阿彌陀始，一切以阿彌陀不終，太窒人。

人間到處都無情，回頭看是夢一場，有我如無待終結，過客隨風心自然。

想了詩，思意欲盡，看這天山依舊素色，周遭仍是野荒之靜，默思中，一座峰，一陣風，一點歎息，風起雲動，瞬速流逝，奈何四面無人，奈何是我一人，奈何時間和念頭都捉不到，只是心思無盡到心思盡，一腔唏噓的，不寫不快，經過了三十天，在這天要盡黑之下，這文寫完了，拂手一去，為這部書收墨。

藏布倫諾達 巴爾多斯

書　　　　名｜荒唐世界

作　　　　者｜天孤人

出　　　　版｜超媒體出版有限公司

地　　　　址｜荃灣柴灣角街 34-36 號萬達來工業中心 21 樓 2 室

出版計劃查詢｜(852)3596 4296

電　　　　郵｜info@easy-publish.org

網　　　　址｜http://www.easy-publish.org

香 港 總 經 銷｜聯合新零售 (香港) 有限公司

出 版 日 期｜2022 年 10 月

圖 書 分 類｜流行讀物

國 際 書 號｜978-988-8806-19-5

定　　　　價｜HK$108

Printed and Published in Hong Kong